roman rouge

D1510480

Dominique et Compagnie

Sous la direction de
Yvon Brochu

Gilles Tibo

Choupette et
son petit papa

Illustrations
Stéphane Poulin

**Données de catalogage
avant publication (Canada)**

Tibo, Gilles, 1951-
Choupette et son petit papa
Réédition.
(Roman rouge)
Publ. à l'origine dans les coll. :
Héritage jeunesse ; et Carrousel.
Mini-roman.
Pour les jeunes de 6 ans et plus

ISBN 2-89512-244-X

I. Poulin, Stéphane. II. Titre.

PS8589.I26C46 2002 jC843'.54 C2001-941375-0
PS9589.I26C46 2002
PZ23.T52Ch 2002

© Les éditions Héritage inc. 2002
Tous droits réservés
Dépôts légaux : 1er trimestre 2002
Bibliothèque nationale du Québec
Bibliothèque nationale du Canada
Bibliothèque nationale de France

ISBN 2-89512-244-X

Imprimé au Canada

10 9 8 7 6 5 4 3 2

Direction de la collection :
Yvon Brochu, R-D création enr.
Éditrice : Dominique Payette
Direction artistique et
graphisme : Primeau & Barey
Révision-correction : Marie-Thérèse
Duval, Martine Latulippe

Dominique et compagnie
300, rue Arran
Saint-Lambert (Québec) J4R 1K5
Téléphone : (514) 875-0327
Télécopieur : (450) 672-5448
Courriel :
dominiqueetcie@editionsheritage.com

Nous remercions le Conseil des Arts du
Canada de l'aide accordée à notre programme de publication, ainsi que la SODEC
et le ministère du Patrimoine canadien.

Gouvernement du Québec –
Programme de crédit d'impôt pour
l'édition de livres – SODEC

À Marlène, la vraie
Choupette…

Chapitre 1

Mon petit papa tout petit

Moi, je m'appelle Choupette et mon père s'appelle mon Père.

Mon père n'a pas eu une enfance ordinaire. Il a passé toute sa jeunesse dans les jupes de sa mère. Il ne rate jamais une occasion de me le rappeler.

Lorsque je fais du vélo, mon père dit :

– Quand je pense que ma Choupette se promène en vélo ! Moi, à ton âge, j'étais encore dans les jupes de ma mère.

Lorsque je noue mes lacets de souliers, il dit :

– Quand je pense que ma Choupette noue ses lacets toute seule ! Moi, à ton âge, j'étais encore dans les jupes de ma mère.

Lorsque je dors chez mon amie Géraldine, eh bien, le lendemain, mon père dit :

– Quand je pense que ma Choupette dort chez son amie Géraldine ! Moi, à ton âge...

Aussi, souvent la nuit, je rêve à mon petit papa tout petit. Il dort. Il mange. Il regarde la télévision. Il joue à saute-mouton toujours, toujours dans les jupes de sa mère.

DRING ! DRING !

Ce matin, mon réveille-matin me fait bondir comme un ballon. Je suis tout excitée. Je saute du lit et je cours réveiller mon père :

– Vite ! Vite ! Lève-toi, papa ! Mes vacances sont terminées. Aujourd'hui, c'est ma première journée d'école.

Comme un gros ours qui a dormi tout l'hiver, mon père grogne :

– Mais, ma Choupette, quelle heure est-il ? Mon réveille-matin n'a pas encore sonné !

– Vite ! Vite ! Je ne veux pas arriver en retard à l'école. Surtout pas la première journée.

– Laisse-moi dormir encore deux minutes. Ne t'inquiète pas, tout va bien se passer à l'école.

Moi, Choupette, je ne suis pas inquiète pour l'école. J'ai tout prévu. Dans mon sac à dos, j'ai mis mes crayons, mes gommes à effacer, ma règle et mes petits oursons en peluche. Je suis prête depuis dix jours.

Mais je suis inquiète pour mon père. Il est difficile à réveiller. Je le pousse. Le repousse. Le pince. Le repince. Et il finit par dire :

– Bon, ma Choupette, je vais aller prendre une douche pour me réveiller.

Encore tout endormi, mon père ferme la porte de la salle de bains :

– Outch ! Atch-yoy-donc !

Il s'est encore frappé les orteils contre la porte.

– Brr !… Brr !… Le sol est froid ! hurle papa qui vient de s'installer sous la douche.

BING !

Tous les matins, papa fait tomber le rideau de douche. Et chaque fois, le rideau lui tombe sur la tête.

Après un tout petit moment de silence, j'entends :

– Ahhh !

Comme d'habitude, papa s'est trompé de robinet. Il ne se rappelle jamais lequel ouvre l'eau chaude. Ensuite… zoup ! Il glisse sur le savon. Bang ! Il tombe par terre.

Puis je vois mon père sortir de la salle de bains, les cheveux ébouriffés. Il porte une serviette enroulée autour de la taille. Il pose le pied sur le bout de la serviette. Je me bouche les oreilles.

BADANG !

Il s'écrase au milieu du couloir et il me demande :

— Ça va, ma Choupette ?

— Moi, ça va très bien. Et toi, mon petit papa ?

Pendant que je m'habille en vitesse, je dis :

– Vite ! Vite ! Papa, je ne veux pas arriver en retard à l'école !

Mon père court dans la maison. Il cherche ses chaussettes, sa chemise, son pantalon, sa ceinture et ses chaussures de course rouges. Mon père porte toujours des chaussures de course rouges avec des nœuds dans les lacets.

Je ferme les yeux et j'imagine mon petit papa tout petit. Il marche dans les jupes de sa mère vers un magasin de chaussures. Il choisit de belles chaussures de course

rouges. Il est tout fier, tout heureux.
Puis, toute la journée, il court, il
saute et tourne en rond sous les
jupes de sa mère. Afin de ne pas
s'étourdir, il fait trois tours dans un
sens et trois tours dans l'autre.
Badang ! Il culbute et s'enroule

dans la robe de sa mère. Pour ne plus que mon petit papa tombe, sa mère attache les lacets de ses petites chaussures aux lacets de ses grandes chaussures à elle.

Pendant le petit déjeuner, je dis :
— Vite ! Vite ! Papa, je ne veux pas arriver en retard à l'école !

Mon père s'énerve. Avec un grand couteau, il coupe une orange en deux.
— Aoutch !

Il a réussi à se blesser avec la lame. Puis il arrose ses céréales de café. Ensuite de lait. Mais le lait déborde du bol de céréales et dégouline partout sur la table. Les rôties brûlent. Le détecteur de fumée retentit à tue-tête…

Chapitre 2

Petit papa s'énerve

Nous sommes maintenant presque prêts à partir pour l'école.

– Oh ! attends, ma Choupette !

Mon père s'arrête net. Mon cœur aussi. Papa fait demi-tour. Il se remet à courir. Il fouille dans tous les tiroirs.

– J'ai oublié ta feuille d'inscription.

– Vite ! Vite ! je lui dis. Il est huit

heures. Papa, je ne veux pas arriver en retard à l'école !

– Calme-toi, ma Choupette !
L'école est à deux pas d'ici. Nous avons le temps ! Quand je pense

qu'à ton âge, je ne savais même pas lire l'heure.

Moi, je ferme les yeux et j'imagine mon petit papa tout petit dans les jupes de sa mère. Partout, il voit des cadrans sans chiffres, des montres sans aiguilles, des horloges sans tic-tac. Il ne sait pas si c'est le matin, l'après-midi ou le soir. Il fait trop noir dans les jupes de sa mère.

– Ah ! Choupette ! lance mon père tout joyeux. Je l'ai ! Je l'ai !

Au bout du couloir, je le vois sortir de la poche de son pantalon ma feuille d'inscription toute chiffonnée.

Deuxième tentative pour quitter la maison.

Mon père s'énerve. Cette fois, il ne trouve plus son porte-monnaie. Il le cherche partout. Il l'oublie toujours au même endroit.

– Regarde sur la commode ! que je lui dis. Dépêche-toi, je ne veux pas arriver en retard !

Troisième tentative pour quitter la maison.

Mon père s'énerve. Il ne trouve plus les clefs de la porte d'entrée.

Il les oublie toujours au même endroit.

– Regarde entre les deux cous-
sins du canapé ! que je lui dis.
Vite ! Dépêche-toi, je ne veux pas
arriver en retard !

Chapitre 3

Petit papa s'amuse

Clic ! Mon père verrouille enfin la porte. Maintenant, c'est moi, Choupette, qui m'énerve. Je connais bien papa et ses réactions bizarres. Je lui prends la main. Je ne veux pas qu'il fasse de bêtises sur le chemin de l'école.

– Ah non !

Devant nous, une belle mare d'eau.

Bon ! je sens qu'on va perdre du temps ! Papa court vers l'eau et saute à pieds joints dedans. Un vrai canard. Il éclabousse partout autour de lui. Puis il se retourne vers moi et dit :

—Excuse-moi, ma Choupette, lorsque j'étais tout jeune, je n'avais même pas le droit de me baigner.

Je regarde mon père sauter dans la mare d'eau. Je ferme les yeux et j'imagine mon petit papa tout petit au bord d'un lac. Il sort son pied de dessous la jupe de sa mère et trempe le bout de ses chaussures. Il n'est pas question de patauger, de nager et encore moins de plonger. Mais, émerveillé devant ce beau lac, mon

petit papa prend son élan et soulève les jupes de sa mère pour sauter à pieds joints dans l'eau. Comme ses lacets sont encore attachés à ceux de sa mère, il tombe tête première dans le lac.

—Bon, alors si c'est comme ça, finies les baignades ! crie sa mère.

—Miaou !

—Ah non !

J'ouvre les yeux.

Un peu plus loin sur le trottoir, j'aperçois un chat. Mon père aussi l'aperçoit. Bon ! je sens qu'on va perdre encore du temps ! Papa

se penche et le caresse très lon-
guement.

Je ferme les yeux et j'imagine
mon petit papa tout petit. Un beau
chaton vient se cacher sous les jupes de sa mère. Mon petit papa
est très heureux. Il s'occupe du chaton toute la journée. En cachette, il
le nourrit et lui donne à boire. Rapi-
dement, le chaton devient un très
gros chat. Un deuxième chat entre
à son tour. En peu de temps, les deux
chats se multiplient. Ils deviennent
six, douze et puis dix-huit.

Un matin, sa mère entend miau-
ler et ronronner dans ses jupes.
Elle demande en soulevant sa robe :

– Mais que se passe-t-il ici ?

Elle aperçoit les dix-huit gros
chats et dit :

– Mon fils, il n'est pas question d'élever une ménagerie dans mes jupes !

Alors mon petit papa tout petit demande à sa mère :

– Pourrais-je avoir seulement un beau chien tout petit, tout petit ?

– Encore moins, répond sa mère.

– Un lapin ? Une souris ? Une poule ? Un poisson rouge ?

– Non, rien de rien, répond sa mère.

– Un livre sur les animaux, alors ?

Sa mère hésite.

– Bon, d'accord, dit-elle.

Et c'est ce jour-là que sa mère a fait installer une grande bibliothèque dans ses jupes.

Chapitre 4

Petit papa à vélo

L'école est tout près. Il ne reste qu'une rue à traverser.

– Ah non !

Mon ami Stéphane passe à vélo et nous salue. Bon ! je sens qu'on va encore perdre du temps ! Mon père s'élance vers Stéphane qui s'arrête. Papa parle. Parle. Parle. Et il réussit à lui emprunter son vélo. Tout souriant, mon père enfourche le vélo et roule en ligne droite sur le trottoir, les deux jambes repliées. Il a l'air d'une énorme grenouille.

Moi, Choupette, je dis à mon ami Stéphane :

– Mon père adore se promener à bicyclette.

Je ferme les yeux et j'imagine mon petit papa tout petit. Il est malade. Il fait de la fièvre et il tousse beaucoup. Dans les jupes de sa mère, il se rend chez le médecin qui déclare :

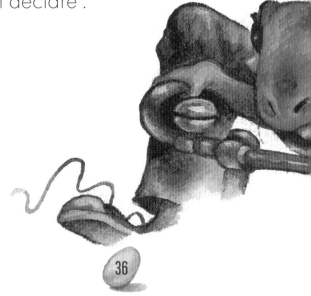

– Cet enfant est en parfaite santé. Mais il doit faire un peu d'exercice. Du vélo, par exemple !

– Du vélo, soupire sa mère.

Sa mère n'a vraiment pas le choix. Elle lui en achète un. Mais elle tourne les poignées et

les bloque avec une grosse pince.
Aussi, lorsque mon petit papa tout
petit pédale, il tourne en rond encore et toujours sous les jupes de
sa mère.

Voilà pourquoi, aujourd'hui, il
roule à vélo... toujours en ligne
droite.

Chapitre 5

Petit papa à l'école

Fiou ! Nous arrivons à l'école. La cour est pleine d'enfants accompagnés d'adultes, des vrais. La main de mon père tremble. Je ne l'ai jamais vu aussi nerveux. Il dit :

– Quand je pense que ma Choupette commence l'école aujourd'hui. Moi, j'ai bien failli ne pas pouvoir y aller, à l'école.

– Quoi ?

Mon père ferme les yeux et m'explique :

—Je suis tout petit, tout petit. Le premier jour de ma première année, j'arrive à l'école dans les jupes de ma mère. Ma mère est très nerveuse et n'a pas dormi de la nuit. Moi, je fonce vers la cour d'école. Je marche sur mes lacets, je trébuche et tombe tête première dans les jupes de ma

mère. Crushhh. La jupe se déchire. Ma mère se penche et détache nos lacets en soupirant : « Voilà, mon fils, maintenant tu fais ta vie ! » Je suis tellement heureux que je crie : « Yahou ! Yaahou ! Yaaahouu ! » Je traverse trois fois la cour en faisant des culbutes et des roulades.

Enfin, on entre dans la cour d'école. Mais j'ai très peur de la réaction de mon père. Je le tiens

très fort par la main pour lui éviter de faire des bêtises. Soudain il crie :

– Yahou ! Yaahou ! Yaaahouu !

Les vrais adultes et les enfants

le regardent avec de grands yeux.
Mon père roule au sol comme une
bille et fait des culbutes comme
un ouistiti. Il traverse ainsi toute
la cour d'école. Ensuite, il attrape
des ballons au vol et grimpe sur
les clôtures.

Je prends une grande respira-
tion et je crie le plus fort possible :

– Je m'appelle Choupette !
N'ayez pas peur de mon père, il
n'est pas dangereux ! Il n'a pas eu
une enfance ordinaire. Il rattrape
le temps perdu !

Et depuis ce début d'année
triomphal à l'école, je me suis fait
beaucoup d'amis. Ils veulent tous
venir à la maison jouer avec...
mon père !

Dans la même collection